Marilou Addison

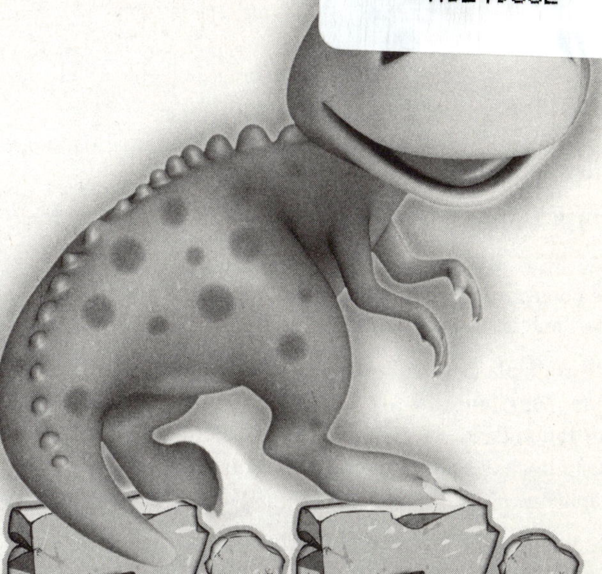

FIFI A MANGÉ LE FACTEUR

ANDARA

Catalogage avant publication de Bibliothèque et Archives nationales du Québec et Bibliothèque et Archives Canada

Addison, Marilou, 1979-, auteure

Fifi a mangé le facteur

(Mini Big)
Pour enfants de 7 ans et plus.

ISBN 978-2-89746-156-0

I. Petit, Richard, 1958- . II. Côté, Manuella, 1984- .
III. Titre.

PS8551.D336F53 2018 jC843'.6 C2018-940996-7
PS9551.D336F53 2018

Idée originale de la collection : **Richard Petit**
Texte : **Marilou Addison**
Illustration de la couverture : **Richard Petit**
Illustrations des pages intérieures : **Manuella Côté**
Graphisme : **Mika**

Dépôt légal : Bibliothèque et Archives nationales du Québec, 3e trimestre 2018

ISBN 978-2-89746-156-0

Imprimé au Canada

Gouvernement du Québec – Programme de crédit d'impôt pour l'édition de livres – Gestion SODEC
Andara éditeur remercie la SODEC pour l'aide accordée à son programme éditorial.

Financé par le gouvernement du Canada | Canada

info@andara.ca • www.andara.ca

FSC www.fsc.org MIXTE Papier issu de sources responsables FSC® C103567

Pour Émilie,
qui adore les Mini BIG !

Et pour la belle Fidélia,
l'inspiration derrière Fifi
le dinosaure…

Chapitre 1

Un DRÔLE de coco

Noé accompagne sa mère dans les allées du supermarché. Celle-ci est en train de lire attentivement sa liste d'épicerie. C'est le temps ou jamais, se dit le garçon.

Il pose les mains sur un panier et prend

son élan. Le voilà qui court à **toute vitesse**, puis qui saute sur la barre, sous le panier. Son véhicule improvisé file à vive allure, ce qui le fait bien rire ! Mais cela amuse un peu moins un commis, surtout lorsque Noé fonce tout droit dans une pyramide de paquets de papier de toilette…

Enterré sous des **dizaines de rouleaux**, Noé sort la tête du désordre qu'il vient de créer. Le gérant est sur le point de l'attraper par le collet quand sa mère l'appelle. *Vif comme l'éclair*, il se faufile entre les jambes du commis, du gérant et de deux ou trois caissières pour enfin retrouver

sa mère au coin
d'une autre rangée.

Celle-ci lui
demande alors
d'aller lui chercher
une douzaine
d'œufs. Oui, c'est
une mission qu'il est
capable d'accomplir.

Le voilà qui court de nouveau en direction des comptoirs réfrigérés. Planté devant les emballages de carton, Noé hésite.

Hum...

quelle grosseur doit-il choisir ?

Les petits, les moyens,

les gros ?

Et qu'en est-il de la couleur ? Les blancs, les bruns, les roses…

LES ROSES ?!?

Voyons, mais qu'est-ce que c'est que cette couleur ? se demande le garçon en découvrant

un **gros coco** tacheté de rose dans une des boîtes de carton. Il imagine déjà les délicieuses omelettes colorées que sa mère pourrait lui cuisiner avec cet œuf. Ou les crêpes de son père ! Comme Noé adoooore les œufs, il y a mille et une recettes qui lui viennent en tête :

des œufs
à la coque

des œufs
bénédictine

des œufs brouillés

des œufs miroir

et bien sûr, des œufs brûlés

(si c'est lui qui les cuisine!)

Miam !

Sans se poser plus de questions, Noé attrape le contenant d'œufs et parcourt les allées en **sens inverse**. Sur son chemin, il rencontre de nouveau le commis et l'évite en lui

Hi! Hi!Hi!
oeufs
A

glissant entre les jambes. Il fait face au gérant et lui lance un coco au visage. Puis, il croise deux caissières et tourne autour d'elles afin de les **étourdir !**

Comme tu t'en doutes, Noé n'est pas

très apprécié
des employés
du supermarché…
C'est la raison pour
laquelle il abandonne
les œufs dans
le panier de sa mère
et se précipite à
l'extérieur pour
l'attendre dans
le stationnement.

S'il reste dans le magasin, il sent qu'il pourrait se faire attraper !

Quelques minutes plus tard, la maman de Noé vient le rejoindre et dépose ses sacs dans le coffre arrière de la voiture.

Puis, ils prennent
la direction de leur
maison. En chemin,
sa mère marmonne :

— Je crois que
je vais cesser d'aller
dans cette épicerie.
Il y a toujours
des rouleaux de
papier de toilette

qui traînent partout,
et les employés
sont tellement
STRESSÉS !
C'est épuisant d'aller
là, je trouve.

— Tu as bien raison,
maman, s'empresse
de rétorquer Noé
en rigolant tout bas.

Il est vraiment
coquin, ce Noé !
Mais il est aussi
très serviable,
et c'est pourquoi
il aide sa mère
à entrer les sacs,
une fois qu'ils sont
arrivés chez eux.
Puis, il range le tout
avec elle.

OUACHE!
Biscuits
CHOCO+
Miam!

Le brocoli

(ouache!) va dans

le tiroir à légumes.

Les biscuits

(miam!) vont dans

l'armoire à desserts.

Les œufs

vont dans...

Noé n'a pas le temps de placer l'emballage dans le frigo que sa mère remarque la bosse provoquée par le **gros coco rose**. Elle ouvre aussitôt la boîte et s'écrie :

— Mais cet œuf est complètement

pourri !

Vraiment, c'est
la dernière fois que
je mets les pieds dans
ce supermarché !
Vite, va me jeter ça
dans les ordures,
mon petit Noé !

Le garçon saisit l'œuf
que sa mère lui tend.

Il hésite. Le jeter, vraiment ? Quel dommage… À moins qu'il le lance dans le foyer du salon ? Peut-être que cela produira de magnifiques feux d'artifice ?

Noé sourit de nouveau. Bonne idée ! Il se précipite donc vers le foyer et y jette le **gros coco rose**. Puis, il attend…

Chapitre 2

Une ÉTRANGE bestiole

Pas un seul petit feu d'artifice. Les épaules de Noé s'affaissent.

C'est vraiment décevant !

Lui qui espérait voir au moins quelques étincelles, mais non, c'est à peine si…

OOOOOOH !

Un énorme craquement lui fait ouvrir grand les yeux. Il se passe quelque chose dans le foyer du salon. Quelque chose de bien spécial. L'œuf rose est en train de se fissurer. Il craque de haut

en bas en produisant
de gros bruits.
Noé s'approche,
même si la chaleur
lui brûle presque
le bout du nez.

L'œuf bouge d'un côté,
puis de l'autre.
On croirait qu'il est
en train de danser

entre les flammes ! Puis, tout comme le ferait un grain de maïs mis sur le feu, il revole et passe à deux pouces du visage de Noé, qui bascule vers l'arrière et **tombe sur les fesses**, surpris.

Le garçon reprend aussitôt ses esprits et tourne la tête vers l'œuf.

Mais celui-ci n'est nulle part… Par terre, il n'y a que les restes de la coquille rose. Et ce qu'il y avait à l'intérieur s'est

carrément envolé !
Pourtant, c'est
impossible !
On ne peut pas disparaître sans laisser de trace. Cela signifie que ce qui se trouvait dans l'œuf se cache dans la maison de Noé. Oui, mais où ?!?

Ça, le garçon donnerait cher pour le savoir…

En sautant sur ses pieds, Noé s'approche des éclats de coquille. Il se penche et en attrape un. Puis, il le renifle et lâche un petit gémissement appréciateur. C'est que l'œuf sent la…

la barbe à papa !

Miam !

Cela lui donne une idée…

Si l'œuf sent si bon, la créature qui

s'y cachait doit aussi sentir le bonbon ! D'ailleurs, parlant de ça, quel genre d'animal sort d'un œuf (rose) et sent la **barbe à papa ?** Aucun de ceux que Noé connaît, en tout cas !

SNIF SNIF!
Hummm!

Mais il s'empresse tout de même d'attraper une feuille et un crayon pour rédiger une courte liste de candidats potentiels :

Les poussins
(qui sentent la paille et les plumes)

Les canetons

(qui doivent sentir la même chose que les poussins)

Les lézards

(qui doivent sentir la boue)

Les alligators

(euh... au secours!)

Les ornithorynques
(ouais... ce serait plutôt étrange)

Les dinosaures
(mais ça, c'est impossible, voyons !)

En regardant sa liste,
Noé secoue la tête.
En fin de compte,

les possibilités sont
variées. Mais disons
qu'il préférerait
de loin que l'œuf
ait contenu l'une
des trois premières
suggestions…

Pour le savoir,
il doit commencer
ses recherches.

Et surtout, dénicher la créature **AVANT** que sa mère ne se rende compte qu'il a jeté l'œuf au feu, et non dans la poubelle de la cuisine ! ***Vite***, le temps presse, songe le garçon en entendant sa mère mentionner que c'est l'heure de faire un peu de ménage.

Oh non ! Si elle passe la balayeuse partout, elle pourrait très bien aspirer l'animal. Jamais Noé ne le retrouverait ! Le garçon se dépêche donc de ramasser tous les morceaux de coquille abandonnés sur le sol. Puis, il court les ranger dans un tiroir de sa chambre. Cela fait, il s'apprête à retourner dans le salon quand il entend de lourds pas

dans le couloir. Ceux-ci sont suivis de près par un looooooong hurlement !

Aaaaaaaah !!!

Oups ! Il semblerait bien que la mère de Noé soit tombée sur la bête la première… et que ce ne soit pas qu'un simple poussin. Le garçon croise les doigts pour qu'il ne s'agisse pas d'un alligator !

Lorsqu'il arrive enfin dans la cuisine, il est à la fois soulagé et effrayé. **Fiou !** Pas d'alligator en vue.

OH OH!

Toutefois, Noé n'est pas tiré du pétrin pour autant, car la créature qui se trouve devant lui est bel et bien…

UN DINO-SAURE !!!

Chapitre 3

Un dinosaure à la maison

Assise sagement dans un coin de la cuisine, la grosse bête ose à peine regarder Noé et sa maman. C'est qu'elle attend le verdict. De son côté, Noé sort tous les arguments du monde à sa mère.

Son but ?

GARDER LE BÉBÉ DINOSAURE, BIEN SÛR !

Car **QUI** ne rêverait pas d'avoir un tel animal à la maison ?

Personne ! Surtout que Noé est allergique…

aux chiens

aux chats

aux oiseaux

aux souris

et même aux poissons !

Bref, il est allergique
à tout ce qui a
du poil, des plumes
et des écailles.
Mais étrangement,
il n’éternue pas
le moins du monde
en présence du
dinosaure… C’est
la raison pour laquelle
Noé est prêt à tout

pour convaincre
sa mère de l'adopter.
Après tout, l'animal
est plutôt docile.
Il ne semble pas
méchant et il n'a pas
fait de dégâts depuis
son arrivée dans
leur maison.
Ou à peine…

De plus, le garçon lui a déjà trouvé un nom. Le bébé dinosaure s'appellera **Fifi** ! Pourquoi ? Tout simplement parce que la créature a **dévoré** en moins de deux tous les Ficello qui étaient restés sur le comptoir

depuis le retour
de l'épicerie de Noé
et de sa maman.
Visiblement,
le dinosaure apprécie
le fromage ! Mais
ce n'est pas la seule
chose qui lui plaît…
En effet, il aime aussi :

les pommes

(qu'il a toutes gobées d'un coup)

les bananes

(qu'il a mangées AVEC la pelure)

les steaks

(qui devaient leur servir de souper...)

les plantes vertes

et les souliers du père de Noé

(qui ont étrangement disparu du portique...)

En fait, **Fifi** est carrément un glouton ! Toutefois, il est vraiment mignon.

À moins que ce soit une fille ? Ça se pourrait, étant donné ses jolies taches roses. Oui ! **C'est décidé**, **Fifi** sera une fille !

En soupirant, la mère de Noé finit donc par capituler.

— Bon, d'accord, tu peux la garder, lâche-t-elle en observant le dinosaure. Mais à **UNE** condition !

— Tout ce que tu voudras, ma belle maman d'amour que j'aime de touuut mon cœur !

réplique le garçon
en sautillant de joie.

— Ta **Fifi**, elle va
rester **DEHORS !**
Pas question
qu'elle dorme
dans la maison.

— Mais, maman…

— Pas d'objections ! Elle est déjà bien grosse, pour un bébé. Tu imagines les dégâts qu'elle pourrait causer en vieillissant ? **NON, C'EST NON !** Elle devra dormir dans une niche.

C'est mieux que rien, songe Noé. Sans compter que, dans le cabanon, il y a tout ce qu'il faut pour construire la plus belle niche qui soit ! Enthousiaste, il saute dans les bras de sa mère pour

la remercier,
puis court vers
le **dinosaure**
qu'il essaie d'amener
jusque dans la cour.

Mais la bête
ne semble pas
comprendre ce
qu'il lui veut.
Elle reste assise sur

ses grosses fesses, sans bouger. Noé la contourne et la pousse de toutes ses forces, mais rien à faire, elle demeure sur place.

— Grrr…,

ronchonne le garçon, comment je vais faire

pour que tu sortes,
toi ?! À moins que…

Noé vient d'avoir
une idée !
Le voilà qui court
vers sa chambre
et qui en revient
aussitôt avec
une belle balle rouge.
Il la fait d'abord
renifler au dinosaure,

SNIF
SNIF
SNIF

dont l’énorme queue se met à bouger de gauche à droite. Confiant, Noé tend le bras, s’élance, puis… propulse la balle le plus loin possible en direction de la porte arrière.

Aussitôt, **Fifi** se lève et **FONCE !!!**

En la voyant piétiner
les divans du salon
et rentrer de plein
fouet dans la porte
moustiquaire,
Noé pose la main
sur sa bouche.
Oups... Peut-être
que son idée n'était
pas si bonne, en fin
de compte.

OUPS!

Trop tard !

Le dinosaure a laissé un **grand trou** derrière lui. Si Noé ne veut pas perdre sa nouvelle compagne, il ferait bien d'aller la rejoindre !

Chapitre 4

Les dinosaures ne devraient PAS pouvoir grimper aux arbres...

Un brin découragé, Noé observe les **dégâts** que fait sa **Fifi**. La cour est parsemée de trous, et les mottes de gazon revolent dans les airs. Ce dinosaure n'est pas dressé du tout ! Quand il aura construit une niche,

le garçon cherchera
un bon dresseur
de chiens… euh,
de **dinosaures !**
Si ça existe…

Pour éviter que
son nouvel animal
de compagnie
continue de tout
casser autour de lui,

Noé lui passe
une corde autour
du cou. Ensuite,
il l'attache au gros
arbre en plein centre
de la cour. Puis,
il entre dans le garage,
à la recherche de
ce dont il aura besoin
pour fabriquer
la niche.

Mais **Fifi** n'aime guère être laissée seule dans son coin. Elle se met à donner des coups de queue sur le tronc de l'arbre. Comme Noé ne revient toujours pas, elle **grogne**, mord l'écorce, plante ses griffes dans celle-ci,

puis lève la tête vers
la cime de l'arbre.
Sans réfléchir, elle
se soulève en s'aidant
de ses pattes arrière.

Lorsque Noé revient
enfin, des tas
de planches dans
les bras, il sursaute.
Son dinosaure

A DISPARU !

Le garçon lâche son chargement et court vers l'arbre auquel **Fifi** était attachée. Il tourne autour, appelle la bête et s'arrache même les cheveux. Puis, il s'arrête…

C'est qu'il croit
avoir entendu
un gémissement.
Et celui-ci provenait
d'au-dessus de lui.

Noé lève donc
lentement la tête
pour apercevoir **Fifi**,
perchée sur
une branche.

Le dino est coincé là et ne semble pas savoir comment redescendre !

— Allez, reviens sur terre, grosse bête ! lui lance Noé.

Fifi lui répond par des petits

grognements apeurés.

Oh, oh...

comment fait-on pour aider un dinosaure à descendre d'un arbre? Noé ne peut quand même pas appeler les pompiers, comme il le ferait pour un chat!

Pas le choix, il va devoir grimper pour aider **Fifi**. Ce qu'il fait sans attendre, en s'agrippant au tronc de l'arbre. Heureusement qu'il est bon grimpeur; il se retrouve bientôt à la même hauteur que le dinosaure.

— OK, on fait quoi, maintenant ? marmonne-t-il. Ça ne me tente pas tellement, mais je pense que je vais devoir t'embarquer sur mon dos.

Aussitôt dit, aussitôt fait. Noé se glisse sous

les pattes de **Fifi**, puis il amorce la descente. Sauf que la bête est beaucoup plus lourde qu'il ne l'avait imaginé. Les petits bras du garçon se mettent à trembler. Ses jambes commencent à glisser... **Oh non !**

Noé et **Fifi** basculent dans le vide !

— **Aaaaaah !!!**

crie Noé.

— Brrrroooooaaaaa ! grogne **Fifi**.

Le dinosaure s'écrase par terre, alors que

Noé tombe sur son ventre et rebondit, tel un ballon de basketball. Il se remet à crier de plus belle, tout en chutant une fois de plus sur **Fifi**. Et de nouveau, il a l'impression d'être sur un trampoline !

Si bien qu'il cesse de crier pour se mettre à rire de plus en plus fort.

Que c'est amusant, d'avoir un dinosaure à la maison !

Après plusieurs sauts, Noé prend son

élan et atterrit sur ses pieds, non loin de **Fifi**. Puis, il revient vers l'animal et se met à lui chatouiller le ventre. Le dinosaure se tortille de tous les côtés, en émettant de longs grognements de joie. Noé et **Fifi** en oublient ce qui

GRAHAHAOU !!
Guiliguili!
Guiliguili!
Guiliguili!

les entoure et ils ne
voient pas arriver
la mère du garçon,
qui vient de sortir
de la maison.

Cette dernière
se plante près d'eux,
les mains sur
les hanches, avant
de lancer :

— C'est comme ça que tu comptes construire une niche pour ton **dinosaure**, Noé ?

— Euh… non, maman, c'est juste que…

— Je ne veux pas le savoir ! le coupe

sa mère. Tu vas ameuter tout le quartier avec ces grognements ! **ON SE CALME !**

— Oui, oui, maman, promis. On s'y remet tout de suite ! s'exclame Noé, honteux.

Sa mère hoche la tête, jette un coup d'œil sceptique à **Fifi**, puis tourne les talons. Noé inspire un bon coup avant de s'écrier :

— Maman a raison. Si on ne commence pas tout de suite,

tu n’auras jamais
une niche **digne**
de ce nom pour
la nuit !

Et là-dessus,
il retourne à
ses planches,
abandonnées
non loin de là.

Chapitre 5

La plus belle et la plus GROSSE des niches !

Noé vient de clouer la dernière planche et recule de quelques pas pour admirer son travail. Il a réussi à construire une niche presque **AUSSI GROSSE QUE SA MAISON !** C'est qu'il est doué, ce Noé ! Mais il n'a pas de mérite. Son papa travaille dans la construction et lui a donné tous ses trucs.

D'ailleurs, le garçon a vraiment très hâte de lui présenter son **dinosaure**. Il jette un coup d'œil à sa montre et sourit. Il ne reste plus que vingt minutes avant que son père rentre du travail. En attendant, Noé a le temps de s'assurer que **Fifi** sera confortablement installée dans son nouveau chez-soi.

Il se tourne donc vers le dinosaure et manque de tomber à la renverse. Pendant qu'il construisait la niche, la bête a presque **doublé** de grosseur ! Elle est **SI GRANDE** que le garçon se met à douter qu'elle parvienne à passer par la porte de sa niche. Pour le savoir, il n'y a pas trente-six options.

Noé s'approche de **Fifi** et lui ordonne :

— OK, va dans ta niche !

Mais l'animal ne bouge pas d'un poil. Il est occupé à jouer avec un papillon qui vole autour de son museau. Noé sautille sur place pour attirer l'attention de **Fifi**. Rien à faire. Il pose alors les mains

autour de sa bouche
afin de créer
un porte-voix et crie
le plus fort possible :

— Allez, ma grosse **Fifi ! VA DANS TA NICHE !**

Enfin ! Le dinosaure lève ses fesses, mais

ce n'est pas du tout
pour se diriger
vers la niche.
Au contraire !
Il s'en éloigne plutôt
en suivant le papillon
qui tente de lui
échapper.

Noé court derrière
Fifi. Il lui attrape

la patte et tire sur
sa corde pour
que la bête revienne
sur ses pas, mais
elle n'en a rien à faire.
En grognant,
le garçon pose
les mains sur sa taille
et s'exclame :

— Non mais, ce n'est
pas bientôt fini, oui !?

Je ne trouve plus ça drôle du tout d'avoir un **DINO**, moi ! Il n'écoute rien de ce que je lui demande !

— C'est que tu n'as pas du tout la bonne technique, rétorque une petite voix, non loin de là.

Noé sursaute,
puis se tourne vers
la personne qui vient
de parler. Il découvre
alors un visage à
travers la haie de
cèdres séparant
sa cour de celle
du voisin. **Oh non !
Pas encore elle !**
songe Noé, alors

qu'une jeune fille
du même âge que lui
se fraie un chemin
entre les arbres et
pénètre dans sa cour.

— Je ne t'ai rien
demandé, Laurie-Lou!
Je peux très bien
me débrouiller tout
seul, lui répond-il,
boudeur.

— Hum… ce n'est pas ce que j'ai vu, réplique-t-elle. Tu ne sais pas comment te faire obéir, ça me paraît évident. Pourtant, c'est facile.

— **Vraiment ?** J'aimerais bien t'y voir !

Un dinosaure,
ce n'est pas comme
un caniche de rien
du tout ! lance Noé,
en faisant référence
au minuscule chien
de compagnie
de sa voisine.

Cette dernière ne
se laisse pas démonter

pour autant. Elle lève une main devant le visage de Noé pour lui indiquer qu'elle s'occupe de tout. Puis, elle fait un pas en direction du **dinosaure**, avant de parler bien fort et bien clairement :

— Fifi ! Au pied !

Noé ouvre la bouche pour éclater de rire, quand il voit quelque chose de tout à fait incroyable…

Fifi, qui vient de perdre de vue le papillon, tourne

la tête vers
la nouvelle venue.
Dès qu'elle l'entend,
elle pivote sur
ses énormes pattes
et accourt vers elle.
Effrayé, Noé lâche
un petit cri afin
de prévenir Laurie-Lou,
mais celle-ci ne
bouge pas d'un poil.

CRRRSSSH!!

Et cela,
même lorsque
le **dinosaure**
arrive à moins
d'un mètre d'elle et
qu'il manque
de l'écraser…

Chapitre 6

Laurie-Lou, la dresseuse DE dinosaures !

C'est dans
un impressionnant
BOUM !
que **Fifi** se laisse
tomber juste devant
Laurie-Lou. Cela fait,
elle cesse de bouger
et sort sa langue en
respirant bien fort.
Comme un chien fier
de lui.

Sous le choc, Noé se rapproche de Laurie-Lou, qui lui fait signe de rester où il est. Puis, elle lève une main et indique au dinosaure ce qu'elle attend de lui. Rien de moins qu'il fasse… le beau !

Le plus étonnant, c'est que **Fifi** s'exécute sans attendre. Elle se redresse sur ses pattes arrière et lève celles de devant.

— C'est bien. **Beau dinosaure !** approuve la jeune fille en frottant la tête

PURRRRR!

de **Fifi**, qui a baissé le cou et qui se laisse faire en poussant des petits gémissements de bonheur.

— Mais comment tu fais pour…, commence Noé, qui n'en revient toujours pas de la facilité avec laquelle Laurie-Lou se fait écouter.

— Chuuuut ! réplique celle-ci en fronçant les sourcils. Le meilleur reste à venir. Regarde bien… **Fifi ?, COUCHÉE !**

Le dinosaure se laisse tomber sur le sol, puis se tourne sur le dos pour montrer son ventre.

— Belle fille, murmure Laurie-Lou en lui flattant la bedaine. Bon, et pour terminer, va dans ta niche !

Fifi saute aussitôt sur ses pattes et fonce vers la niche. Elle réussit à y pénétrer, malgré sa taille. Pour gagner un peu d'espace, elle passe sa tête par la petite cheminée que Noé a eu le temps de construire.

Pop!

N’en pouvant plus de garder le silence devant les talents de sa voisine, le garçon déclare :

— **WOW !** Tu es vraiment douée, comme dresseuse ! Tu devrais donner des cours !

— Ce n'est pas si compliqué, indique la jeune fille. Il suffit d'être ferme dans ses ordres. La bête doit comprendre que c'est **TOI**, le maître.

— Mouais… visiblement, elle ne l'a pas compris

avec moi ! Mais
ce n'est pas grave.
Tu pourrais m'aider,
TOI !

— De quelle façon ?

— Je veux convaincre
ma mère de la garder.
Pour cela, **Fifi** doit
être suuuuper gentille

et obéissante.
Si tu m'aides à devenir son maître, tout devrait être OK !

Laurie-Lou réfléchit, puis hoche la tête.

— D'accord, je te donnerai un coup de main. J'adore

les animaux et je sens
qu'on va s'amuser.
Mais on commencera
les leçons demain.
Ce soir, je dois aller
au centre pour
personnes âgées
où je fais
de la **zoothérapie**
avec mon caniche.

— C'est quoi, de la **zoothérapie ?** demande Noé en fronçant les sourcils.

— En gros, on va rencontrer des gens qui ne reçoivent pas souvent de visiteurs. Ça leur fait du bien.

— Oh ! C'est gentil, ça. Tu crois que **Fifi** en serait capable ?

Laurie-Lou jette un coup d'œil au **dinosaure**, dont la tête est toujours coincée dans la cheminée de sa niche. Elle fait la grimace avant de déclarer :

— **Hum...** je ne sais même pas si elle pourrait entrer dans le centre pour personnes âgées, tellement elle est **GROSSE**.

Bon, je dois te laisser, c'est l'heure de partir. On se voit demain !

Noé hoche la tête et salue sa voisine, qui se glisse une fois de plus à travers la haie de cèdres. Pour lui aussi, il est plus que temps de rentrer

Brrr!
Brrrr!
Brrrrr!
Brrrr!
Brrrr!

à la maison. Son père doit être sur le point d'arriver, et le souper sera bientôt servi.

Son ventre qui grogne le lui confirme, et c'est la tête dans les nuages que Noé se dirige vers sa maison.

Il s'imagine déjà, en compagnie de **Fifi**, faire la tournée de toutes les résidences pour personnes âgées de la région.

Lorsque le garçon referme la porte derrière lui, il est tellement perdu dans

ses pensées qu'il
en oublie que,
tout comme lui,
son **dinosaure**
doit être affamé.
Et un dinosaure
qui a faim est prêt
à dévorer **TOUT**
ce qui se trouve
sur son passage…

Chapitre 7

Camion de CRÈME GLACÉE vandalisé

Lorsque Noé se réveille, le lendemain matin, il s'étire longuement dans son lit. Puis, il bââââille à s'en décrocher la mâchoire. Enfin, le garçon repousse les couvertures et saute hors du lit

pour se rendre
jusqu'au salon.
Il allume la télévision
et s'écrase sur le divan.

Puisqu'il est
le premier debout
dans la maison,
Noé baisse le volume
du téléviseur et
il se frotte les yeux,

Baille

encore un peu endormi.
Il choisit ensuite
sa chaîne favorite :
celle où il y a
ses dessins
animés préférés.

Zut, les annonces !

En attendant que
l'émission reprenne,

le garçon décide
d'aller se préparer
un bol de céréales,
qu'il revient manger
assis par terre,
devant la télévision.
Pendant qu'il croque,
qu'il aspire et
qu'il mâchouille
ses céréales, Noé fixe
l'écran sans vraiment
le voir.

Mais tout à coup,
il écarquille
les yeux et cesse
de porter la cuillère
à sa bouche.
C'est que, sur l'écran,
une journaliste
parle à la caméra,
paniquée. Juste
derrière elle,
on peut voir que

le camion d'un vendeur
ambulant de
crème glacée
a été vandalisé.

Le véhicule est
couché sur le côté,
et tous les pots
de glace ont été
jetés par terre.
La caméra zoome

sur les dégâts
et dévoile une
GROSSE
empreinte de patte,
dans une flaque de
crème glacée fondue.
Afin de comprendre
ce qui s'est produit,
Noé attrape la
télécommande et
augmente le volume.

Toutefois, il ne parvient à saisir que les derniers mots de la journaliste.

« Des témoins mentionnent avoir vu une IMMENSE bête sortir du camion. Aucune piste n'est écartée.

Si qui que ce
soit a constaté
des événements
inhabituels dans
le quartier, on vous
invite à communiquer
avec le poste de
police au plus vite.
Surtout, NE VOUS
APPROCHEZ PAS
DE LA BÊTE!

Elle pourrait être dangereuse… C'était Candy Raton, pour la chaîne Potins de quartier. De retour à la programmation habituelle. »

La journaliste sourit à la caméra, puis les dessins animés

préférés de Noé reprennent. Mais le garçon ne les écoute pas, car il s'est déjà relevé pour courir vers la porte arrière. C'est qu'il a de sérieux doutes concernant l'identité du coupable... Oui, il croit savoir **QUI** aime tant

la crème glacée
qu'elle serait prête à
tout pour en manger !

Noé pousse la porte
et se rend jusqu'à
la niche de **Fifi**.
Il appelle
son **dinosaure**,
mais ce dernier n'en
sort pas. D'ailleurs,

on ne voit pas
sa tête dépasser par
la cheminée…

Pour en avoir
le cœur net, Noé
entre lui-même
dans la niche.
Mais comme il
le craignait, la bête
ne s'y trouve pas.

Par terre, il ne
découvre que la
corde de l'animal,
qui s'est **brisée**.
Sans attendre,
Noé se rue vers
le devant de la maison,
à la recherche de **Fifi**,
mais il s'enfarge
et s'étale sur le sol.

En ronchonnant,
il se redresse,
se demandant
sur quoi il a bien
pu trébucher de
la sorte. Son regard
tombe alors sur
une casquette bleue,
abandonnée sur
les lieux.

Intrigué, Noé la ramasse et la tourne dans ses mains. Elle est humide. Il y a même une espèce de liquide blanchâtre qui s'en écoule. Noé fait la **grimace**, en la manipulant du bout des doigts.

Cette casquette lui rappelle quelque chose… Il est certain de l'avoir déjà vue auparavant. Oui, **mais où ?** En se relevant, il remarque alors un autre détail. Au bout de la rue se trouve un camion. **Oh**, pas de crème

glacée ! Non. Celui-là
sert plutôt à livrer
le courrier.

Noé s'en approche,
la casquette toujours
à la main. Puisque
la portière est
demeurée ouverte,
le garçon jette
un œil à l'intérieur.

PERSONNE.

Il fait donc le tour
du véhicule, mais
encore une fois
il ne voit pas
le facteur qui
devrait y être assis.
Ce dernier semble
s'être carrément
envolé.

OH
OH...
POSTE

Au moment où
il en arrive à cette
conclusion, Noé
baisse les yeux
vers la casquette.
Sur le bout de
la palette, on peut
apercevoir une trace
de **morsure**.

Une TRÈS GROSSE MORSURE !

Comme si un animal avait pris une croquée dedans, juste après avoir dévoré...

LE FACTEUR !!!

Chapitre 8

Fifi A MANGÉ le facteur !

Paniqué, Noé ne sait pas s'il doit hurler de terreur ou retourner se coucher en espérant que tout cela ne soit qu'un horrible cauchemar.

— Ce n'est pas possible. **Fifi** ne ferait **JAMAIS**

POSTE

une chose pareille !
s'énerve le garçon
en tirant sur
ses cheveux.

— Elle ne ferait pas
QUOI ?

Noé se tourne d'un
coup sec et aperçoit
Laurie-Lou à
la fenêtre de

sa chambre qui l'observe d'un drôle d'air. Le garçon cache aussitôt la casquette dans son dos, avant de répondre :

— **Euh...** rien, rien. Elle ne ferait **rien du tout.**

— Ah bon, si
tu le dis.

— Tu avais quelque
chose à me demander ?
ajoute Noé en
se tenant raide.

— Tu n'oublies pas
les cours de dressage
de **Fifi,** hein ?

— **Oh !** Les cours… Oui, c'est que…, bredouille le garçon, ne sachant comment se sortir de ce mauvais pas.

Il ne va quand même pas avouer à sa voisine qu'il soupçonne

son **dinosaure** d'avoir dévoré le facteur ! De quoi aurait-il l'air ? Sans compter que Laurie-Lou pourrait décider d'appeler la police et de faire enfermer **Fifi** pour **TOUJOURS !!!**

Non… il ne doit rien lui dire. C'est pour cette raison que…

— Dis-moi, Noé, est-ce que **Fifi** aurait mangé le facteur ? le questionne de but en blanc la jeune fille.

Oups… Démasqué !

— Qu'est-ce qui… qui… qui te fait croire ça ? bégaie le garçon.

— Premièrement, la casquette du facteur

pleine de bave que
tu tiens à la main.

— Ouais, c'est
sûr que...

— Deuxièmement,
le camion de la poste
abandonné depuis
une bonne heure
devant ta maison.

— Euh… en effet…

— Et troisièmement, le fait que la valise remplie de lettres du facteur, toute mordillée, se trouve sur mon terrain.

— Tu es sérieuse ?!

— Ah, et j'oubliais… **CECI !** s'écrie Laurie-Lou en sortant de derrière son dos une botte en cuir noir tout aussi dégoulinante de bave que la casquette. Je crois qu'elle appartient au facteur, non ?

Noé en devient blanc comme les draps de son lit ! Fichue **Fifi** ! Pourquoi avoir lancé ce satané œuf dans le feu, aussi !? se demande le garçon en grimaçant. S'il ne l'avait pas fait, peut-être que l'œuf n'aurait jamais éclos !

D'un autre côté,
il n'aurait pas eu
le plaisir de rencontrer
un **dinosaure**
aussi mignon et
charmant non plus.

D'accord, ce dernier
a visiblement
la mauvaise habitude
de manger les facteurs.

Mais il a aussi de très
belles qualités !
Et peut-être
que, si Laurie-Lou
réussit à le dresser
convenablement,
Fifi perdra
sa mauvaise habitude
d'avaler le premier
venu...

D'abord et avant tout, Noé doit retrouver son dinosaure, qui se cache il ne sait où !

— Bon, j'avoue, tu as raison. C'est bien la botte du facteur. J'ai **vraiment** besoin de ton aide pour dresser **Fifi**.

Ne la dénonce pas,
je t'en prie !
Ce n'est
qu'un **bébé**
dinosaure.
Et c'est ma faute,
aussi, si elle avait
faim. J'ai oublié
de la nourrir
hier soir…

— Voyons, **pour qui** tu me prends ? Je ne vais pas la dénoncer. En fait, pour être franche, je suis bien contente qu'elle ait mangé le facteur, avoue Laurie-Lou, à la plus grande surprise de Noé.

— Mais… pourquoi ?

— Parce que, comme c'est la fin de l'année scolaire, l'école doit nous envoyer notre bulletin par la poste. Et très franchement, je ne tiens pas plus qu'il le faut à ce que mes parents voient mes notes…

Stupéfait, Noé
lui demande :

— Et que le facteur
soit peut-être
présentement
dans l'estomac
de mon dinosaure…
**ça ne te
fait rien ?**

— Ben… peut-être pas rien du tout, quand même. Je ne suis pas insensible. De toute manière, on a juste à le faire sortir de là ! Mais avant… je dois récupérer mon bulletin et le jeter à la poubelle, d'accord ?

Noé hoche la tête, sans trop savoir que répondre à cela. Sortir le facteur du ventre de **Fifi** ? Si c'est possible, alors oui, il veut bien tenter le coup ! Rassuré, le garçon s'assoit sur le balcon et sort une feuille

et un crayon de
sa poche de pyjama.
Puis, en attendant
que Laurie-Lou
vienne le rejoindre,
il se met à rédiger
une seconde liste.

Celle-là comprendra
tous les indices
pouvant l'aider

à découvrir
où se trouve
son **dinosaure**
en ce moment même...

Chapitre 9

À la recherche des empreintes de crème glacée

Juste comme Noé termine sa liste, Laurie-Lou se pointe à ses côtés, essoufflée.

— **Zut**, je n'ai pas retrouvé mon bulletin dans le sac du facteur. Dis, qu'est-ce que tu fais ? lui demandet-elle ensuite en se penchant vers lui.

— Regarde, j'ai noté tous les indices que nous avons jusqu'à présent, lui explique le garçon.

Il lui tend sa feuille et la regarde lire chacun

des éléments qu'il y a inscrits.

CARACTÉRISTIQUES
DE FIFI

* Très grande

* Peau verte
tachetée de rose

* Grosses pattes
qui sentent
la barbe à papa

* Adore les produits laitiers (crème glacée, fromage, yogourt)

* Semble aussi apprécier les facteurs...

— Hum, marmonne Laurie-Lou, c'est peu, mais on va s'en accommoder. Alors, selon toi, où aurait pu aller **Fifi** après avoir mangé le facteur ?

— En fait, je crois qu'on devrait plutôt

se demander où elle
est allée **AVANT**
de le manger !
réplique Noé, fier
de sa répartie.

— Et en quoi est-ce
que c'est important ?
demande Laurie-Lou
en haussant les épaules.

— Juste avant de sortir, j'ai écouté le reportage de la journaliste Candy Raton. Elle était installée devant les pots de crème glacée renversés, et dans une des flaques, il y avait une **EMPREINTE !**

— Ah… et alors ?

— Ça me paraît évident ! **Fifi** a marché dans la crème glacée. Donc, elle laisse des traces sur le sol en marchant. Ça nous aidera à la retrouver !

— **Bonne idée !** Commençons par ici. On va sûrement retrouver des marques sur le sol. Pars de ce côté. Moi, je vais par là ! suggère Laurie-Lou en se mettant à étudier le sol à la recherche

d'une empreinte
de **dinosaure**.

Noé saute sur
ses pieds et avance
à demi penché,
sans regarder où
il va. Il est si absorbé
par sa quête
qu'il ne voit pas
un chien arriver

en courant et
lui passer entre
les jambes.
Et le voilà qui
bascule **une fois
de plus !**

Pestant contre
l'animal, le garçon
n'a pas le temps
de bien le voir

que celui-ci est
déjà parti, sa laisse
toujours attachée
au cou. Son maître
a dû l'échapper,
et il a filé sans
demander son reste.
Cherchant
le propriétaire
du chien des yeux,
Noé tourne la tête

à gauche,

puis

à droite,

avant que son regard
ne tombe sur
une tache rose,
de l'autre côté
de la rue.

Vite, le garçon doit
se dépêcher d'aller

voir de quoi il s'agit. Il regarde des deux côtés de la rue, puis traverse à la course. Oui ! C'est bel et bien une empreinte de dinosaure ! **Fifi** est donc passée par là ! Mais juste à côté de la trace, il y a une paire de lunettes

abandonnées. Intrigué, Noé se penche pour les ramasser, et ce n'est qu'à ce moment qu'il croit les reconnaître.

Oui ! Il sait à qui sont ces lunettes, ainsi que le toutou

qui est passé en
trombe près de lui !
Ils sont à madame
Claire Delune,
une gentille dame
qui promène
toujours son chien
à cette heure
de la journée. Noé
la connaît, car elle est
une amie de sa mère.

Mais… si madame Delune a échappé ses lunettes **À CÔTÉ** d'une empreinte de dinosaure, est-ce que cela signifie que **Fifi** l'a mangée, elle aussi ? **Zut !** C'est qu'elle est en train d'en faire une habitude !

Noé doit avertir Laurie-Lou. Celle-ci lui fait justement signe, au bout de la rue. Elle semble avoir trouvé un indice, elle aussi. Noé la rejoint en vitesse et, dès qu'il arrive près d'elle, il lui demande :

— Tu as découvert des empreintes ?

— MIEUX QUE ÇA !

s'exclame-t-elle.

— Qu'est-ce que tu veux dire ?

— Je sais où est **Fifi** ! Je viens de voir deux hommes l'embarquer dans leur camionnette.

— Oh non ! Tu crois qu'elle a été ENLEVÉE ?

— Non. Elle a
été amenée…
à la fourrière !

Excités par cette
découverte,
les enfants décident
de se rendre sur
place en vitesse,
oubliant même
qu'ils sont toujours
en pyjama !

Chapitre 10

Un dinosaure à la FOURRIÈRE

Heureusement pour Noé et Laurie-Lou, la fourrière se trouve à moins de vingt minutes de là. Par contre, lorsqu'ils y parviennent enfin, le camion ayant amené **Fifi** ne se trouve nulle part.

Peut-être que
le véhicule est déjà
reparti ?

Pour en avoir le cœur
net, les deux amis
poussent la porte
de la bâtisse et
s'arrêtent devant
le comptoir
de l'accueil.

Malheureusement,
ni Noé ni Laurie-Lou
ne sont assez grands
pour être vus de
la réceptionniste.

Le garçon tente
d'abord de sauter
sur place, mais
rien à faire.
Il finit par se pencher

afin que sa voisine grimpe sur ses épaules. Ce n'est que de cette manière qu'ils parviennent à attirer l'attention de l'employée. La dame lâche son ordinateur et **fronce** les sourcils en les apercevant.

RÉGIEMENTS
PRIX ADOPTI

— Ce n'est **pas** un endroit pour les enfants, ici ! Allez jouer dehors, tous les deux ! leur lance-t-elle sur un ton sans réplique.

Mais les deux amis ne s'en laissent pas imposer.

Laurie-Lou questionne la dame sans plus de cérémonie:

— Avez-vous vu un **ÉNORME DINOSAURE ?**

— Un… **quoi ?** C'est une blague ?

— Il est vert et rose,
et il sent la barbe
à papa, continue
la jeune fille.

— Non, franchement,
je ne vous trouve
pas drôles du tout.
Vous me dérangez
alors que j'ai une
montagne de travail

à faire. **Ouste !** conclut la dame en balayant l'air devant elle.

Le coup de vent déstabilise Laurie-Lou, qui penche vers l'arrière et s'écroule sur Noé. Les deux enfants se relèvent, le corps douloureux. Comme l'employée ne peut plus les voir, ils discutent à voix basse de la prochaine étape.

— On fait **quoi**, maintenant **?** demande Noé.

Elle dit qu'elle ne l'a pas vue…

— Ça ne veut pas dire que **Fifi** n'est pas là. Les employés de la fourrière peuvent très bien être passés par la porte du garage.

— C'est vrai que ce serait la seule façon de la faire entrer dans la bâtisse.

– Allons vérifier ! propose Laurie-Lou en tirant son ami par la main.

Les deux jeunes sortent en vitesse,

contournent
le bâtiment, puis
se faufilent jusqu'à
la porte du garage,
qui est restée ouverte.
En chuchotant,
Noé appelle
son **dinosaure**,
dans l'espoir que
ce dernier lui réponde
en gémissant.

Mais dans les cages
qu'ils croisent,
il n'y a aucune trace
de **Fifi**… sauf dans
la toute dernière,
où ils découvrent
une grosse
flaque rose.
Immédiatement,
Noé s'écrie :

— Elle était là, en voici **la preuve !**

— Elle ne doit pas être très loin, dans ce cas. Continuons de fouiller, on finira bien par la...

La jeune fille n'a pas le temps de

terminer sa phrase. Une main vient de se poser sur son épaule, tout comme sur celle de Noé. Les enfants sursautent et tournent la tête, pour rencontrer le regard sévère d'un homme.

— Je peux savoir
ce que vous faites là,
vous deux ?
les interroge-t-il.
Seuls les employés
sont autorisés
à entrer ici.

Noé prend une
bonne inspiration
avant de répondre :

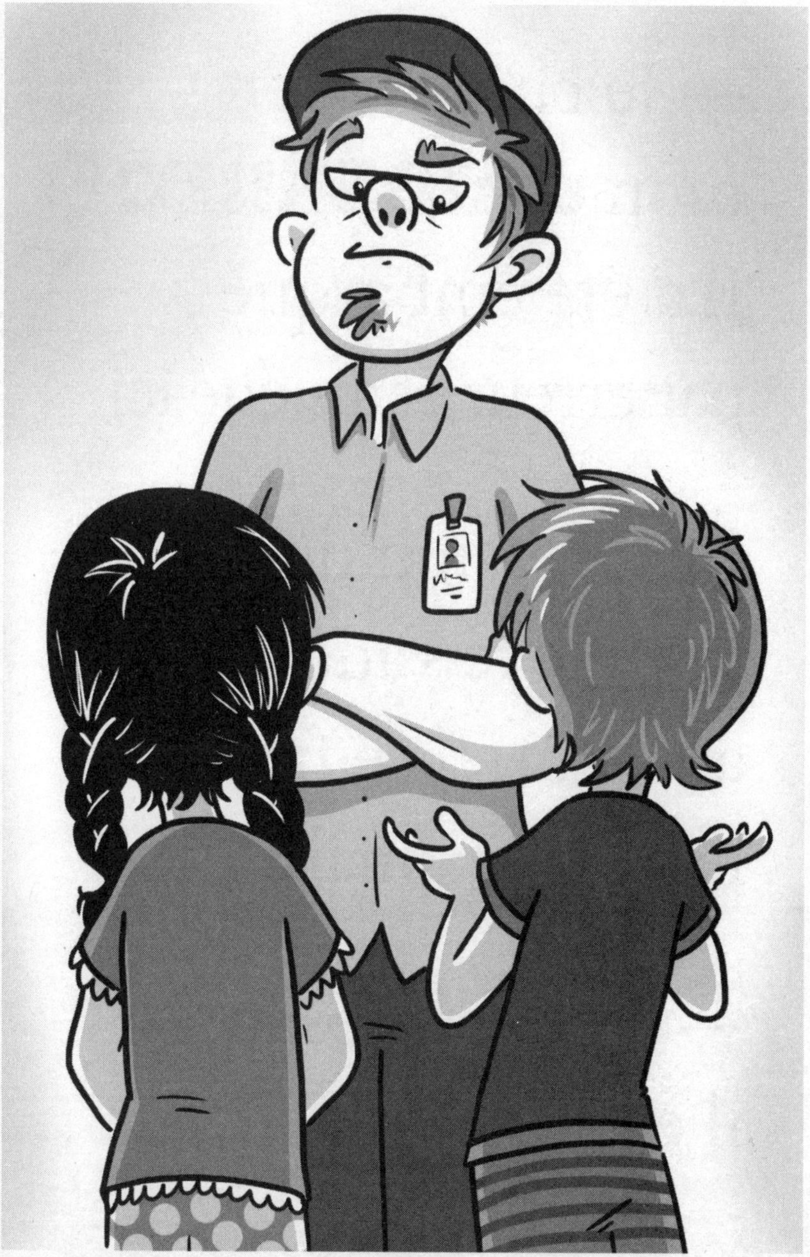

— Je cherche mon **dinosaure**. Il a été embarqué par erreur et amené ici.

L'expression de l'employé s'adoucit aussitôt. Il se frotte le menton, mal à l'aise.

— Votre dinosaure, il est vert avec

des taches
roses ?

— Oui !

— Et ses pattes
sentent la barbe
à papa ?

— OUI !

— Il **adore**
la crème glacée ?

**– C'EST LUI !
C'EST LUI !**

— Dans ce cas,
je suis désolé,
les enfants, parce que...
il a été...

— IL A ÉTÉ QUOI ?!?

— Il n'est plus…

— Il n'est plus quoi ???

L'homme passe
une main sur sa tête

et retire sa casquette, avant de leur avouer :

— Il n'est plus ici, parce qu'il a été...

— Mais allez-vous finir par nous dire ce qui se passe avec mon dinosaure ? s'énerve Noé.

— ... adopté, termine l'homme, dans un murmure.

Noé et Laurie-Lou se lancent un regard étonné. **Fifi** a été adoptée ? Oui, mais **par qui ?!?**

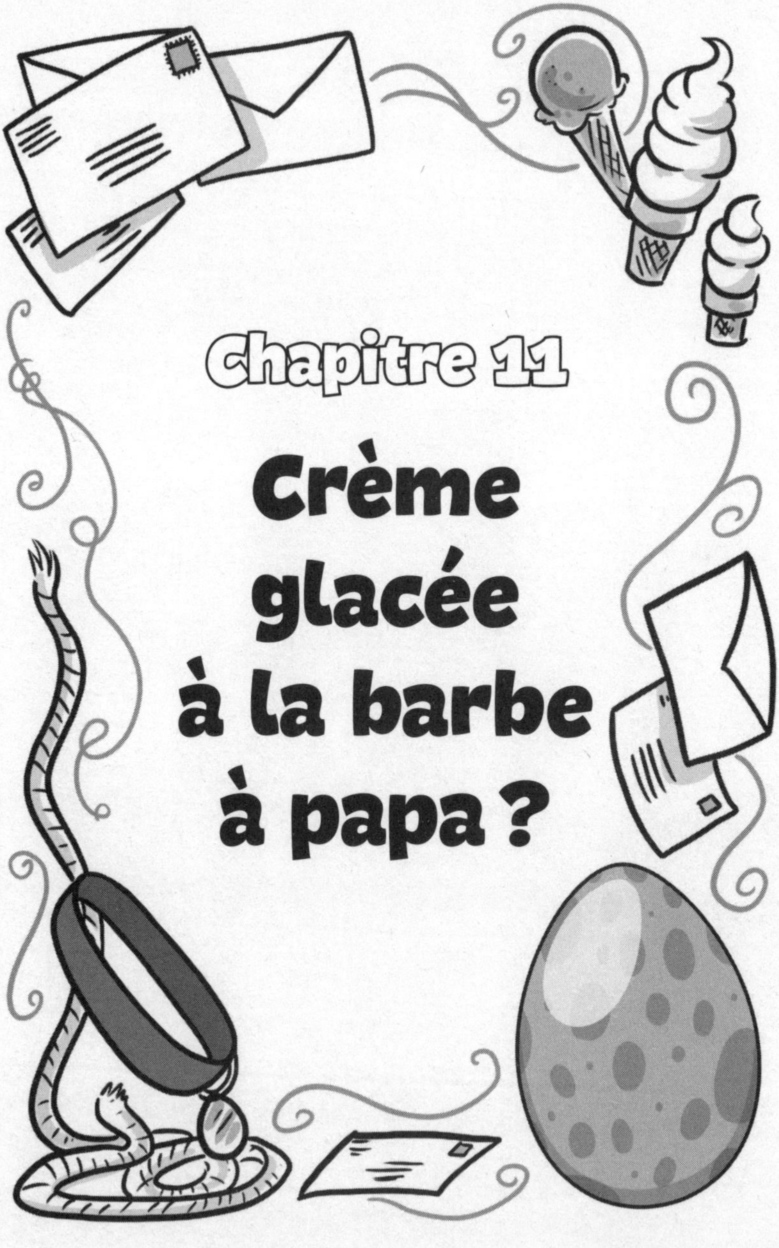

Chapitre 11

Crème glacée à la barbe à papa ?

Laurie-Lou et Noé sortent de la bâtisse, découragés. **Fifi** a été adoptée… Jamais Noé ne pourra la revoir. La mine basse, les deux amis vont s'asseoir sur le premier banc qu'ils aperçoivent dans le parc, juste

en face. Puis, sans dire un mot, ils se laissent aller au découragement.

Le soleil, qui est désormais haut dans le ciel, chauffe leur tête. Ils ont de plus en plus chaud, et lorsqu'une clochette

résonne, de l'autre
côté du parc,
ils se tournent
dans sa direction.

Il s'agit du camion
de crème glacée,
qui a été nettoyé de
fond en comble et
qui a repris du service.
Plusieurs enfants

font déjà la file pour
commander une glace
à la saveur de leur choix.

Noé plonge
la main dans
sa poche de pyjama
et en sort un billet
de cinq dollars.

— Que dirais-tu d'aller manger de la crème glacée en attendant d'avoir une idée ? propose-t-il à Laurie-Lou.

— **Oh oui !** Il fait super chaud, ça va nous faire du bien !

Sans attendre, les amis sautent sur leurs pieds et se *précipitent* vers le vendeur ambulant. Comme il y a beaucoup d'enfants aussi gourmands qu'eux, ils doivent attendre un bon moment

avant de passer
leur commande.
Tout en patientant,
Noé tape du pied,
tandis que Laurie-Lou
soupire sans arrêt.
Il faut dire que de
délicieuses odeurs
s'échappent du camion
de crème glacée,
ce qui leur met l'eau

à la bouche. Miam, de la bonne glace à la barbe à papa ! La préférée de Noé, mais aussi de Laurie-Lou ! Lorsque leur tour arrive enfin, la jeune fille prend l'argent des mains de Noé et s'exclame la première :

— Un cornet à
la barbe à papa,
s'il vous plaît !

— **Deux**, en fait !
ajoute Noé.

Mais le vendeur
secoue la tête, désolé,
avant de répondre :

— On n'a pas cette saveur.

Mais on a chocolat, fraise, banane, citron, caramel…

Noé le coupe avant même qu'il termine son énumération.

— Comment ça, vous n'en avez pas ? C'est impossible !

— Si je vous dis que je n'en ai pas…, réplique le vendeur.

— Dans ce cas, pourquoi est-ce que ça sent **si fort**

la barbe à papa, hein ? argumente Laurie-Lou en posant les poings sur ses hanches.

L'homme hausse les épaules. C'est alors qu'une **large ombre** vient envelopper non seulement les deux enfants, mais aussi tout le camion de crème glacée. Le vendeur, apeuré, marmonne :

— Ah non, pas encore lui...

Puis, il ajoute :

- VITE,

SAUVEZ-VOUS !!!

Aussitôt, les cris et les exclamations de terreur résonnent partout autour de Noé et de Laurie-Lou. Ceux-ci

sont les seuls à rester
calmes et à tenter
de comprendre ce
qui peut bien causer
toute cette agitation.

Ce n'est que lorsqu'ils
pivotent lentement
vers l'ombre en
question qu'ils
comprennent

à quoi ils ont affaire
et pourquoi une
agréable odeur
de barbe à papa
flotte dans l'air
depuis un moment.
À moins d'un mètre
d'eux se trouve...
Fifi !

Trop heureux
de retrouver
son **dinosaure**,
Noé s'élance vers
la bête en s'écriant :

— Oh, ma belle **Fifi** !
Te revoilà enfin !

Il est stoppé net
dans son élan par

une dame qui fait
un pas dans
sa direction en
s'exclamant :

— Une minute !
C'est **MON** animal.
Et il ne s'appelle pas
Fifi, car je ne lui ai
même pas encore
donné de nom !

Laurie-Lou est
la première à
la reconnaître et
à répliquer :

— Madame
Claire Delune ?
Alors, c'est vous
qui avez adopté
Fi… ben,
ce **dinosaure ?**

Mais vous n'aviez pas déjà un petit chien ?

— Oui, en effet, mais il s'est sauvé ce matin. Alors, je suis passée à la fourrière et j'ai découvert ce magnifique chien ! annonce-t-elle fièrement en pointant la bête du doigt.

— Euh… je ne veux pas vous contredire, mais ce n'est pas un chien, vous savez.

— Bien sûr que c'est un chien !

– Non, ce n’en est PAS UN !
réplique Noé, fâché.

— Dans ce cas, de quel animal s’agit-il, hein ?!

– D’un DINO-SAURE !!!

Madame
Claire Delune cligne
des yeux, étonnée.

— Un… un
dinosaure ?
Vous en êtes certains ?

Les deux enfants
hochent la tête,
s'attendant à

ce que la dame se mette à hurler à son tour. Mais au contraire, un large sourire lui étire le visage alors qu'elle affirme :

— Comme c'est **rigolo !**

Mon époux

adoooore

les dinosaures !

J'ai bien hâte de

le lui montrer !

Chapitre 12

Le nouveau maître de Fifi

De peine et de misère, madame Claire Delune tire sur la laisse de son nouvel animal de compagnie. Sauf que la **grosse bête** ne semble pas vouloir coopérer. Afin de l'aider un peu, Laurie-Lou

se décide à reprendre le contrôle de la situation.

— Fifi ? Tranquille !

Aussitôt, le dinosaure se calme et accepte de suivre docilement sa maîtresse.

Cette dernière a décidé de retourner chez elle pour présenter l'animal à son époux. Celui-ci doit déjà être rentré, puisqu'il finit de travailler un peu après le dîner.

Lorsque la dame et les enfants,

accompagnés
de **Fifi**, pénètrent
dans la maison,
ils sont stupéfaits
d'entendre tout
le **boucan** qui
provient du sous-sol.
Ce doit être
le mari de madame
Claire Delune
qui cherche quelque

chose. Oui,
mais quoi ?

— André ? André...? André Spadrille ?!? Viens ici, mon chéri, j'ai un cadeau pour toi !

Toujours dans le sous-sol, l'homme répond :

— J'arrive, ce ne sera pas long. C'est que je cherche quelque chose… Aurais-tu vu la longue corde que j'avais rangée ici ?

Sa femme jette un coup d'œil à la laisse qu'elle utilise pour retenir son nouveau **dinosaure**. Elle l'a justement trouvée dans le sous-sol.

— Euh… je crois savoir où elle est. Viens ici, je te dis !

— C'est bon, c'est bon, je monte,

marmonne l'homme
en grimpant l'escalier
qui mène au rez-
de-chaussée.

Lorsqu'il arrive
en haut des marches,
Noé et Laurie-
Lou poussent
une exclamation
de stupeur :

— MONSIEUR LE FACTEUR ?!?

— **Oh**, bonjour, les enfants ! Désolé si je n'ai pas pu livrer tout mon courrier, ce matin. J'ai été distrait par ma rencontre avec…

Le facteur et époux de madame Claire Delune ne termine pas sa phrase. Il vient de relever la tête pour détailler

L'ÉNORME

BÊTE

qui se trouve dans son salon.

– IL EST LÀ !

s'exclame-t-il plutôt en ouvrant de grands yeux émerveillés.

Le dinosaure !

Mais comment est-il entré ici ?

— Je viens à peine de l'adopter ! annonce sa femme, fière d'elle. Et comme je sais **à quel point tu aimes les dinosaures...**

Fou de joie, le facteur se met à sauter tout autour de l'animal, ce qui ne semble pas déranger **Fifi** le moins du monde. Après quelques minutes de ce manège, l'homme finit par se tourner vers sa femme, qu'il serre dans ses bras.

Mal à l'aise, les deux enfants décident qu'il

est plus que temps pour eux de sortir de là. **Fifi** a désormais un nouveau maître qui prendra bien soin de lui. Mais en ouvrant la porte pour se faufiler à l'extérieur, ils découvrent le chien de madame Claire Delune, qui a retrouvé sa maison et qui se tient sur le seuil. La petite bête se glisse entre les jambes de Noé, ce qui le fait tomber une fois de plus.

Grrrr...

Décidément, ce n'est pas sa journée !

Fiou !

D'un autre côté,
il n'est pas triste
de devoir quitter
son **dinosaure**.
Après tout, c'est
plutôt compliqué
de prendre soin
d'un animal, quand
on est un enfant.
Encore plus lorsque
la bête en question

est plus **GROSSE**
que votre maison, peut manger tout le contenu d'un camion de crème glacée en une seule fois et, surtout, vous fait croire qu'elle a dévoré tous les gens qu'elle a croisés…

Bref, Noé n'est pas déçu. En plus, il commençait à avoir le nez qui grattait. Peut-être était-il sur le point de contracter une allergie aux **dinosaures ?**

Laurie-Lou lui tend alors la main pour l'aider à se relever avant de lui demander :

— Bon, et cette crème glacée, on la mange, oui ou non ?

Noé s'apprête à acquiescer avec **joie** quand la porte s'ouvre une dernière fois derrière eux. Il s'agit du facteur, qui les interpelle :

— Une minute, Laurie-Lou, j'ai quelque chose pour toi.

Et il lui tend
une enveloppe
un peu mâchouillée
et déjà ouverte.
Oups. Ce doit
être le bulletin de
la jeune fille...

— Donne ceci
à tes parents.
Ils seront bien

contents de savoir que tu as eu d'aussi **bons résultats...**, lui lance le facteur avec un clin d'œil, avant de refermer la porte.

Glossaire

Ambulant :
qui se déplace

Ameuter :
provoquer un rassemblement

Amorcer :
commencer

Agitation :
beaucoup de mouvement

Appréciateur :
qui apprécie

Boucan :
beaucoup de bruit

Capituler :
abandonner, renoncer

Cime de l'arbre :
le haut de l'arbre

Convenablement :
correctement

Dénicher :
trouver

Déstabiliser :
ébranler, déséquilibrer

Détailler :
regarder avec attention

Écarquiller :
ouvrir grand

Glouton : gourmand

Manipuler :
tenir dans ses mains

Motte de gazon :
morceau de gazon

Objection :
phrase que l'on dit pour exprimer son désaccord

Parsemer :
répandre çà et là

Perché :
posé dans un endroit élevé

Pester :
se plaindre

Pétrin :
situation embarrassante

Rédiger :
écrire

Répartie :
réplique

S'affaisser :
tomber

Sceptique :
qui doute

Se fissurer :
craquer

Se frayer (un chemin) :
se faire un chemin

S'en accommoder :
se satisfaire de quelque chose

Se ruer :
courir vers quelque chose ou quelqu'un

Tacheté :
qui possède des taches

Vandalisé :
détruit ou abîmé

Verdict :
jugement

Vif comme l'éclair :
très rapide

Chat volant non identifié
Sauve qui pue
Valérie Fontaine
PIF PERD LA BOULE
LA FOLLE VIE DE BOUBOULE GOMME
KUNG FU JIM
Émilie Rivard
Torchon et guenille
BACON LATRANCHE
Mon Mini BIG à moi
Ti-BÔNE
Capitaine ÉLECTRO
KING CROTTE
LADY CACA
Richard Petit
Harry Péteur
FIFI A MANGÉ LE FACTEUR
LES ÉMO-J
LES BABOUNES
Marilou Addison
TAXI BABOUNE
VROUUUM BABOUNES